AF312491

ENCORE UN VAMPIRE,

OU

FANFAN LA TULIPE

SORTANT DE LA PORTE St.-MARTIN.

PAR ÉMILE L. B.

———

A PARIS,

Chez RENARD, Libraire, Successeur d'Ant. BAILLEUL;
rue Sainte-Anne, N°. 71;
Et chez les Marchands de Nouveautés.

1820.

IMPRIMERIE D'ANT. BAILLEUL,

RUE THIBAUTODÉ, N°. 8.

LE VAMPIRE.

L'autre jour on jouait l'Vampire,
Je m'dis la Tulip', mon enfant,
C'est dimanche aujourd'hui, faut rire,
Au pestacle entrons zun instant :
    On dit que c't ouvrage
    Effray' chaque soir
    Quiconque a l'courage
    Et l'temps d'aller le voir.

J'balançais si j'entrerais d'suite,
Car j'avou' qu'j'ai peur des sorciers;
V'là qu'pour me décider plus vîte,
J'entends trotter les cuirassiers.
    D'mes jambes j'mescrime,
    Et j'entre, car mieux vaut
    Trembler pour la frime
    Que d'trembler pour sa peau.

Air : *Du lendemain.*

V'là-t-il pas qu'j'entends dire
Qu'il n'faut rien savoir du tout;
Pour goûter zun Vampire,
Qu'il faut n'avoir pas de goût.

Alors je conçois sans peine,
Sans aller chercher bien haut,
Pourquoi la salle est si pleine
D'gens comme il faut.

AIR : *V'là c'que c'est que d'avoir du cœur.*

Jarni queux affreux zhurlemens !
Ah ! queu sabat que j'vous entends !
L'Vampire sous sa dent sanglante
Ecorch'-t-il son amante,
Hurlant d'épouvante ?
Non, c'est l'orchestre tout bonn'ment
Qui nous écorchait le tympan.

AIR : *Prenons d'abord l'air bien méchant.*

Parlez-moi d'ça, v'là zun décor
Qu'est riche et qui brille, j'espère,
Comm' ces rochers qu'ont l'air tout d'or
Aux f'nêtres d'chaque apothicaire.
Mais j'crois qu'j'aperçois des tombeaux,
Sur une urne un vieillard se penche :
Est-c'que sous ses brillans pinceaux,
L'artiste a peint dans ses tableaux
Le Pèr' Lachais' doré sur tranche ?   (*Bis.*)

AIR : *Que ne suis-je la fougère.*

Que fait c'te pauvre innocente
Qui dort là comme un sabot ?
A c'te race dévorante
J'crains qu'all' n'serve de fricot.

(5)

Si de c'te fille vermeille
Un Vampir' f'sait son repas;
Sus c'banc d'pierre où c'qu'all' sommeille,
All' s'réveill'rait dans d'beaux draps.

AIR : du Major Palmer.

J'n'ai plus pour la demoiselle
Tant d'crainte et d'compassion ,
Car le vieillard auprès d'elle
Vient de s'mettre en faction.
C'est l'géni' du mariage ,
Sur les fill's il sait veiller ;
Ah! qu'il doit avoir d'ouvrage
S'il veut tout's les surveiller.
C'tella qui dort comme une bûche;
Du génie a grand besoin ,
Car, victime d'une embûche!,
All' n'porterait pas l'coup loin.
Or , il est bon d'vous apprendre
Que, chassant dans la forêt,
L'orage était v'nu surprendre
Les gens de mam'zelle Aubray.
C'était commé un vrai déluge,
On n'savait où se fourrer :
Chacun cherchant un refuge ,
On la laissa s'égarer :
V'là qu'un gueux d'Vampir' lui crie :
A l'abri viens te cacher :
All' n'avait pas d'parapluie ,
All' entra donc sous c'rocher.   (Bis.)

RÉCITATIF.

Mais quel est ce jeune homme à qui s'adresse Oscar,
Et qui semb'e à tout ça prendre beaucoup de part?
Il paraît étonné de trouver l'Hyménée;
Mais de main cependant il lui donne un' poignée.
C'est l'ange de la lune, il se nomme Ituriel,
Et comm' mars en carême il tombe là du ciel.
Ah! mon ami zOscar, il faut que tu sois brave;
N'as-tu pas peur zici, surtout sans rat de cave?

AIR : *A la façon de Barbari.*

Mais, dit Oscar, vois sur ce banc
   C'te beauté qui sommeille;
Des Vampires all' brav' la dent:
   J'sis tout yeux, tout oreille,
Pour que sous ma protection,
La faridondaine, la faridondon,
All' s'en aille vierge d'ici,
    Biribi,
A la façon de Barbari,
   Mon ami.

AIR : *De la complainte Fualdès.*

Mais un d'ces cruels satyres
La poursuit dans tous les lieux:
Si je n'la suivais des yeux,
Ce Bastide des Vampires
Lui f'rait, par ses noirs forfaits,
Eprouver l'sort d'Fualdès.

Du fond d'ces sombres demeures
Quand sonne une heure d'la nuit,
Il va sortir zavec bruit ;
Mais si, dans trente-six heures,
Il n'suce c'te belle enfant,
Il trouvera le néant.

AIR : *Que je l'échappai belle !*

Ah mon Dieu ! n'entends-j' pas sonner les cloches ?
Dans c'maudit manoir
Vais-je les voir
Fair' leux bamboches ?
Queux angoisses !
Une heur' sonne à deux paroisses ;
Ma foi, j'sis pas blanc,
Moi qu'ai si grand peur d'un r'venant.

AIR : *Ça n'dur'ra pas toujours.*

Alors les catacombes
Tremblent aux environs,
Et de toutes les tombes
Des spectr's en rang d'oignons
Pouss't comm' des champignons.   (*Ter.*)

AIR : *C'est Lucifer.* (Petites Danaïdes.)

Mais, patatras !
Avec un grand fracas
De c'te trappe
Qu'est-c' qui s'échappe ?
Ah ! c'cadet-là
Queux dents il grinc' déjà !
Est-c' qu'il va
Moïdre dans Malvina ?

(8)

Air : *Du Prince d'Orange.*

Malvina m'appartient , dit-il , l'œil tout en feu.
—All' n'est pas pour ton nez, all' appartient à Dieu;
Moi j' te dis que j'l'aurai, zattends-toi z'y vraiment;
Sais-tu ben c'que t'auras, toi? t'auras le néant.

Air : *De la fanfare de St.-Cloud.*

Changeant alors de figure ;
Le Vampire , en rugissant ,
Dit : queu' chienne d'nourriture
J'ai là zavec ton néant !
Il détal' , la mort dans l'ame :
V'là qu'un coup d'sifflet ben fort
Anéantit l'milodrame?...
Non , n'fait que changer l'décor.

Air : *Il était un p'tit homme.*

Le théâtre r'présente
Le salon d'un château
    Qu'est fort beau ,
Où Malvina tremblante
Vient dire à ses amis
    Ebahis ,
Que depuis c'te nuit
Un song' la poursuit;
Mais moi qu'a de l'esprit ,
J'savais déjà (*bis*) tout ce qu'all' leux a dit.

AɪR : *Dans les Gardes-Françaises.*

Mais sir Aubray s'avance,
Et vient dire à sa sœur :
En moi t'as confiance ,
J'veux faire ton bonheur.
—Mais dis-moi , mon cher frère ,
Quel époux r' destin's-tu ?
—J'te dirai s'il doit t'plaire
Quand je l'aurai connu.

AɪR : *De cadet Roussel.*

C'est son frèr' qu'était bon enfant.   (*Bis.*)
Si l'autre lui r'semble vraiment ;   (*Bis.*)
Tu pourrais t'flatter, ma mignonne ,
D'êtr' plus heureuse que personne.
    Ah ! ah ! ah ! oui vraiment,
    Lord Rutven était bon enfant.

AɪR : *Jeunes filles , jeunes garçons.*

Une nuit , j'm'en souviens , hélas !
Nous étions alors en voyage ;
Quand , sortant d'un' noce d'village ,
Nous fûmes , malgré not' courage ,
Assaillis à coups d'échalas.
    O comble d'infortune !
    Près d'périr à mes yeux ,
    Mon ami zen ces lieux
    Fit ses derniers adieux
      A la lune.

AIR : *Ah ! le bel oiseau, maman.*

Pendant qu'Aubray zà sa sœur
C'fâcheux accident raconte,
V'là qu'on annonc' qu'un seigneur
D'les voir demande l'honneur.

Qu'il nous fasse c'te faveur :
De Marsden c'est sûr'ment l'comte ;
Mais à peine l'ont-ils vu
Qu'chacun r'connaît c't inconnu.

Aubray dans l'étonnement
Reste planté comme un' quille ;
Dans un prompt évanouiss'ment
D'son côté tomb' la jeun' fille :
Ma foi, pour faire chorus
L'public gnientend rien non plus.

AIR : *Nous nous mari'rons dimanche.*

En croirai-j' mes yeux !
Rutven en ces lieux !
Entendons-nous, pas d'bêtise :
Dis-moi si t'es mort,
Ou si t'es encor,
Car vraiment ça me défrise.
Si je n'ai pas
Vu ton trépas,
J'me rouille :
—Mon cher Aubray,
Rien n'est plus vrai ;
Ça t'brouille ;
Mais c'est moi pourtant,
J'sis mort et vivant :
Ni vu, ni connu, j't'embrouille.

AIR : *J'arrive à pied de province.*

Puisque , contre mon attente ,
 Te v'là revenu,
C'est ma sœur que j'te présente ;
 Comment la trouv's-tu ?
—Ah ! mon cher , qu'alle est gentille !
 J'suis dans l'rav'ss'ment
De m'unir à ta famille
 Par les liens du sang.

Mais j't'avertis d'une chose
 D'ici zà demain ,
De ma mort tu seras cause
 Si j'n'ai pas sa main.
—Peste , quel amour, cher comte !
 —Je n'puis définir
Sur cet hymen combien j'compte ,
 Pour ne pas mourir.

AIR : *Bouton de rose.*

 J'en ai r'çu l'ordre ,
J'tiens à partir, j'n'y puis manquer ;
J'suis pressé ; là j'sens trop d'désordre
Près de fille belle à croquer ,
 Pour en démordre.

AIR : *Traitant l'Amour sans pitié.*

Alors j'vais dire à ma sœur
Qu'à son hymen all' s'apprête ;
Que de célébrer c'te fête
Faut qu'ce soir all' ait l'bonheur.

Là-d'sus Rutven se promène ;
Il est, ma foi, ben en peine :
C'est que c'nouveau Croqu'mitaine,
S'il n'croque la belle enfant,
Sait bien, ce dont il enrage,
C'qui l'attend dans son ménage,
Et que d'main, pour tout potage,
Il s'régal'ra du néant.   (*Bis.*)

AIR : *du Verre.*

Ne vlà-t-il pas qu'un grand nigaud
Vient le prier, par grâce extrême,
A sa noce, qui s'fait bientôt,
De vouloir présider lui-même.
Alors il s'dit, au fond du cœur,
Je suis sauvé ; gare à la p'tite,
Car ce s'rait jouer de malheur
De trouver deux cruelles d'suite. } (*Bis.*)

AIR : *Aux montagnes de la Savoie.*

Mais sur les montagnes d'Ecosse,
Nous v'là transportés à l'instant :
Tout est préparé pour la noce,
Dont Rutven doit êtr' président.
Déjà la future s'avance :
De c'qui l'attend, sans doute, all' n'a pas l'espérance.

AIR : *du Vaudeville de madame Favart.*

Mais Rutven
A Marsden
Enfin se présente.
Pour c'nouveau seigneur,
On prépare c'qu'on a d'meilleur ;

Et soudain
Dans l'jardin,
Un' troupe dansante
Suspend des festons ,
Sous quoi qu'all' f'ra ses rigaudons.

AIR : *de Marlborough.*

Pourquoi donc qu'l'orag' gronde ,
Puisqu'il fait l'plus beau temps du monde ?
Pourquoi donc qu'l'orag' gronde ?
　　Ah ! v'là qu'est éclairci :
　　C'est qu'un mendiant zici
　　D'mande à s'mettre à l'abri.
Qu'on fasse entrer c'vieux barde ,
Il jouera zun air de guimbarde.
　　Il entre ; je le r'garde :
　　Ciel ! est-ce Oscar ? C'est lui.

AIR : *Mes yeux disaient tout le contraire.*

Il dit comm'ça , d'un chant discord ,
Qui s'adresse à la mariée :
« *D'un amour qui donne la mort ,*
« *Gardez-vous , jeune fiancée.* »
Sur elle il l'avertit d'veiller ;
Sur ses dangers , avec mystère ,
Ses yeux voudraient bén l'éveiller ;
Mais sa chanson fait tout l'contraire.

AIR : *des Trembleurs.*

Qu'on m'chasse cette pratique ,
Avec sa chienne d'musique ,
Dit Rutven , qu'la chanson pique ,

Quoiqu'all' n'ait rien de piquant,
Je n'puis souffrir sa figure.
Vous, sortez, de c'te aventure,
Tous, excepté la future :
J'veux lui parler zun instant.

AIR : *Le Cœur de mon Annette.*

Votre aspect me transporte
A mes premiers amours;
Mais ma maîtresse est morte,
J'la pleurerai toujours.
Eh! mais, oui-dà,
Comment peut-on trouver du mal à ça?

Mais apprenez, ma chère,
Qu'vous êtes son portrait.
Ah! si j'pouvais vous plaire,
J'n'aurais plus de regret.
Eh! mais, oui-dà,
Ça s'pourrait bien; mais n'comptez pas sur ça.

AIR : *Du Carillon de Dunkerque.*

Ah! tu veux que je meure;
Nous verrons tout à l'heure,
Si tu riras encor,
Et qui sera le plus fort.
Alors la pauv' novice
Veut fuir dans la coulisse;
Mais ce vilain pervers
Se met droit en travers.
Le Vampire, qui la guette,
Lui tirait un' palette,
Sans un grand coup d'archet
Qui fit commencer l'ballet.

(15)

Air : *Une fille est un oiseau.*

Pendant qu'ils dans't tout joyeux,
Rutven ne la perd pas de vue;
On dirait une sangsue
Qui la suc' déjà des yeux.
All' se lève de sa chaise,
All' va s'cacher, j'sis bien aise;
V'là c'te espèce de punaise,
Qui la suit pour boir' son sang.
Si par lui zâlle est pincée,
Ma foi, la pauvre fiancée
N'sera pas aux noces vraiment.   (*Bis.*)

Air : *Du haut en bas.*

All' n'revient point,
Les pleurs inondent chaqu'visage;
All' n'revient point,
Est-ce qu'il la tient dans un p'tit coin?
Ma foi, des plaisirs du ménage
All' fait un bel apprentissage.
All' n'revient point.

Air : *Dépêchons, dépêchons-nous.*

Ah mon Dieu ! all' crie : holà là !
Respirant à peine,
Echev'lé' comme une Magd'leine,
All' accourt, et, pus pâle qu'ça,
All' se jette tremblante en les bras d'son papa.
S'courez-moi, s'courez-moi d'ce chien d'amant;
Vous n'pourrez le croire,
Mais c'grand gas-là veut me boire

S'courez-moi, s'courez-moi, s'courez-moi...Pan !
Un coup d'pistolet vous l'étale sur l'flanc.

AIR : *Charmante Gabrielle.*

Queu scène déchirante !
Figurez-vous l'tableau :
Rutven glac' d'épouvante,
En s'roulant comme un veau.
Chacun attend qu'il meure :
Près d'étouffer,
Moi j'profit' du quart-d'heure
Pour respirer.

AIR : *De la parole.*

Aubray, jur' ta parol' d'honneur ,
Lui dit presqu'expirant l'Vampire ,
De n'jamais à ta chère sœur
Sur c'que tu viens de voir , rien dire.
Tu m'diras p't-être qu'un' fois mort
Mon mariag', la chose est sûre ,
N'en peut éprouver aucun tort :
Ça peut être vrai ; mais encor
Tu n'li diras rien. (*bis*) — Je le jure.

AIR : *Au clair de la lune.* (Lentement.)

En face d'la lune
Mets-moi , mon ami ,
P't-être j't'importune ,
Mais v'là qu'est fini ;
C'est qu'j'ai l'habitude
Dans tous mes malheurs ,
D'prendre c'te attitude
Tout' les fois que j' meurs.

AIR : *Le port Mahon est pris.*

Sur un' montagn' tout' prête
L'ami zAubray, qui n'est pas un' bête ,
   Par les pieds , par la tête ,
   Fait porter l'moribond.
     Pourquoi donc ? Pourquoi donc ?
C'est qu'la lun' qu'avait l'mot ,
   S'allumant zaussitôt ,
  A l'aide d'un r'verbère ,
Sur lui si fort lance sa lumière ,
  Que c'te lun' qui l'éclaire
    Lui donne un coup d'soleil
    Qui vous l'rend tout vermeil.

AIR : *Je suis né natif de Ferrare.*

Alors le malheureux Vampire
Comme une carpe qu'on fait frire ,
S'agite et s'débat de nouveau ,
  Comm' si ça lui brûlait la peau.   (*Bis.*)
  Ah ! pour le coup la chose est sûre ,
  Le voilà cuit , de c't aventure ;
Qu'il vienn' nous dir' qu'on n' l'a pas vu ;
Moi j'li réponds qu'i n'sra pas cru.   (*Bis.*)

AIR : *Tous les bourgeois de Châtres.*

  Nous v'là dans un' chapelle
  Où tout est disposé
  Pour la noce d'mamzelle ;
  Mais l'futur est passé.

Tous l'eux soins s'ront perdus, à moins qu'on n'réfléchisse,
Si Rutven veut s'faire enterrer,
Que tout c'qu'on vient de préparer
Peut être à son service.

AIR : *Suzon sortait de son village.*

Mais ici que vient encor faire
C'vieux sorcier; d'où vient-il comm' ça ?
Ah! dit-il, tout' la nuit zentière
Sous clef renfermez Malvina.
D'ici zune heure
Craignez qu'a n'meure;
All' doit c'te nuit passer zun mauvais jour.
Vous aurez même
Un' peine extrême
A r'mettre Aubray, quand il s'ra de r'tour :
Il n'dira plus que des bêtises.
— Oh! j'dis, alte-là, mon enfant !
Chez Aubray, si ça te surprend,
T'es sujet zaux surprises.   (*Bis.*)

AIR : *Aussitôt que la lumière.*

Mais avec l'air lamentable,
Aubray vient zavec sa sœur.
D'li dir' qu'sa noce est zau diable
Il n'aura jamais le cœur.
— Mais pourquoi donc, mon cher frère,
Que c'noir chagrin te poursuit ?
Pour toi je pleure, ma chère,
C'que t'as perdu cette nuit.

Air : *Du haut en bas.*

Qu'ai-je perdu ?
Sais-tu ben que tu me taquines ;
    Qu'ai-je perdu ?
— Sais-tu c'que Rutven est d'venu ?
— Pour ça n'faut pas qu'tu te chagrines ;
Mon cher, l'époux qu'tu me destines
    N'est pas perdu.

Air : *des Fraises.*

Ce matin, dans le bosquet,
Les portes étaient closes ;
Lord Rutven se promenait
Avec moi, puis il m'offrait
    Des roses.   (*Ter.*)

Air : *Souvenez-vous-en.*

Ah ça ! t'mocques-tu de moi,
Dit Aubray tout en émoi ?
Enfin, que me chantes-tu ?
    Quoi ! celui qu'tas vu,
    C'est ton prétendu ?
S'il te fait l'amour, quoique mort,
Ma foi, c'est un peu trop fort.

Air : *Chantez, dansez, amusez-vous.*

Tu n'sais donc pas, ma pauvre sœur,
C'qu'est arrivé la nuit dernière ?
L'ami Rutven, qu'est zamateur ;
Trouvait d'son goût sa fermière ;
Mais le mari, qu'est zun malin,
Lia fait passer le goût du pain.

AIR : *Souvent la nuit quand je sommeille.*

Qu'est-c'que prouve tout ça, mon frère ?
M'as-tu pas dit qu'tas eu l'chagrin
D'le voir un jour, dans une ornière,
Périr au milieu d'un chemin ?
Quand on eut le rare avantage
Du trépas d'échapper aux lois,
De revenir deux ou trois fois,
Il n'en coûte pas davantage.

AIR : *Je lui cassai la gueule et la mâchoire.*

A peine a-t-elle dit ces mots,
Que v'là Rutven fort à propos
Qu'arrive et se montre à leur vue.
Qu'est, dit Aubray tout effrayé,
C'te figure d'papier mâché ?
   Ah ! nom d'un chien,
   Je n'y conçois rien ;
S'il n'est déterré, j'ai la berlue.

AIR : *Eh ! ma mère, est-ce que j'sais ça.*

Qu'm'as tu promis, dit l'Vampire ?
Aubray, songe à ton serment.
— Oh ! t'as beau faire et beau dire,
T'es mort ; j'tai vu percer l'flanc.
Ma sœur, malgré c'qu'all' dégoise,
A c'te momi' r'fuse la main,
Car c'nest qu'une ombre chinoise
Echappé' d'chez Séraphin.   (*Bis.*)

AIR : *du Vaudeville des Visitandines.*

Holà ! quelqu'un , dit le Vampire ,
Qu'on saisisse c'particulier ;
Il n'veut pas croire que j'respire :
J'crois pourtant qu'on m'entend crier.
L'pauvre Aubray s'échauffe la bile
Si bien, qu'on l'mène à Charenton.
Est-c' donc la faute d'ce garçon ,
S'il jou' l'rôle d'un imbécille.   (Bis.)

AIR : *Contentons-nous d'une simple bouteille.*

V'là qu'est fini, Rutven prend sa future ;
C'en est donc fait, all' sautera le pas ;
Mais tout à coup il change de figure ,
Et, l'air inquiet, il se parle tout bas :
O ciel ! dit-il , vois-je le crépuscule ,
Et du néant subirais-je les lois !
Vîte, courons retarder la pendule ,
Et qu'une heur' sonn' quand il en sera trois.

AIR : *Bon jour, mon ami Vincent.*

Mais point du tout, patatras !
Aubray r'vient zà perdre haleine,
Arracher sa sœur des bras
De c'vautour à face humaine.
      Avec ce sorcier ,
   Quoi! tu veux t'marier ?
   Et toi, vieux zhibou,
   Fuis-tu dans ton trou ?
Mais Rutven, qui s'contient à peine ,

Voyant qu'il s'fait tard,
Tire son poignard.
Crains ma fureur,
J'te perce l'cœur.
Va, va, dit l'autre, je n'ai pas peur.

AIR : *Entends-tu l'appel qui sonne.*

Entends-tu zune heur' qui sonne ?
— Mon Dieu ! je crois qu'ce chien-là za raison!
Ciel! la force m'abandonne ;
Qu'c'est vexant de mourir tout d'bon ! (*Bis.*)

Alors s'ouvre un' large trappe
D'où c'qu'un fantôme tout blanc
Sur lui se jette et le happe :
C'est lui sans dout' qu'est le néant.

C'est juste, j'me dis dans l'ame,
Qu'on condamn' l'Vampire au néant ;
Mais j'crois que le milodrame
Devait en attraper zautant.   (*Bis.*)

FIN.

9 782014 447934